DER BÄR IST LOS

DER BÄR IST LOS

SPÄSSE VERSE BILDER

ZEICHNUNGEN VON RENATE OTTO

TEXTE AUS DER LITERATUR

EULEN VERLAG

Meister Petz ist wieder da!

Begrüßung nach Gellerts Fabel „Der Tanzbär“

Der Bär, der hat gewogen
Der braune, zottige Hund,
Und keiner hat gelogen,
Mehr als vierhundert Pfund!

Berner Jagdlied

Wilhelmstraße 18
Gesamtherstellung: Franz X. Stückle, Ettenheim
ISBN 3-89102-118-6

Bärenlied
aus dem finnischen Nationalepos „Kalewala“

Petzlein du, des Waldes Apfel,
Runder mit den Honigtatzen!
Hörest du, daß ich erscheine,
Daß zu dir der Brave schreitet,
Birg die Krallen in den Haaren,
Deine Zähne in dem Zahnfleisch,
Daß sie nimmer mich berühren,
Ganz und gar sich nicht bewegen!
Petzlein du, mein Vielgeliebter,
Schönster mit den Honigtatzen!
Leg' dich schlafen auf den Rasen,
Auf die wunderschönen Felsen
Daß die Fichten oben schwanken,
Über dir die Tannen rauschen;
Wälze also dich, o Breitstirn,
Wende dich, o Honigtatze,
Wie das Haselhuhn im Neste,
Wie die Gänse, wenn sie brüten.

Die Bären (Ursidae)

Die letzte Familie unserer Ordnung führt uns bekannte und befreundete Gestalten aus der Kinderzeit vor. Die Bären (Ursidae) sind so ausgezeichnete Thiere, daß wohl jeder sie augenblicklich erkennt; seltener zu uns kommende Arten weichen jedoch in mancher Hinsicht von dem allgemeinen Gepräge ab, und bei einzelnen Sippen muß man schon einiges Verständnis der thierischen Verwandtschaften besitzen, wenn man zurechtkommen will.

Der Leib der Bären ist gedrungen oder selbst plump, der Kopf länglich rund, mäßig gestreckt, mit zugespitzter, aber gewöhnlich gerade abgeschnittener Schnauze, der Hals verhältnismäßig kurz und dick; die Ohren sind kurz und die Augen beziehentlich klein; die Beine sind mäßig lang, die Vorder- und Hinterfüße fünfzehig und mit großen, gebogenen, unbeweglichen, d. h. nicht einziehbaren, deshalb an der Spitze oft sehr stark abgenutzten Krallen bewaffnet, die Fußsohlen, welche beim Gehen den Boden ihrer vollen Länge nach berühren, fast ganz nackt. Das Gebiß besteht aus 36 bis 40 Zähnen, und zwar oben und unten sechs Schneidezähnen, den Eckzähnen, oben und unten zwei bis vier Lückzähnen oder zwei Lückzähnen oben, drei unten sowie endlich zwei bis drei Backenzähnen.

Soweit die Vorwesenkunde uns Aufschluß gewähren kann, läßt sich feststellen, daß die Bären schon in der Vorzeit vertreten waren, wie es scheint, sich aber allgemach vermehrt haben. Fast sämtliche Arten hausen in dichten, ausgedehnten Wäldern oder in Felsengegenden,

zumeist in der Einsamkeit. Die einen lieben mehr wasserreiche oder feuchte Gegenden, Flüsse, Bäche, Seen und Sümpfe und das Meer, während die anderen trockenen Landstrichen den Vorzug geben. Eine einzige Art ist an die Küsten des Meeres gebunden und geht niemals tiefer in das Land hinein, unternimmt dagegen, auf Eisschollen fahrend, weitere Reisen als alle übrigen, durchschifft das nördliche Eismeer und wandert von einem Erdtheile zum anderen. Alle übrigen Arten schweifen innerhalb eines weniger ausgedehnten Kreises umher. Die meisten Bären leben einzeln, d. h. höchstens zur Paarungszeit mit einem Weibchen zusammen; einige sind gesellig und vereinigen sich zu Gesellschaften. Diese graben sich Höhlen in der Erde oder in dem Sande, um dort ihr Lager aufzuschlagen, jene suchen in hohlen Bäumen oder in Felsküsten Schutz. Die meisten Arten sind nächtliche oder halbnächtliche Thiere, ziehen nach Untergang der Sonne auf Raub aus und bringen den ganzen Tag schlafend in ihren Verstekken zu.

Man irrt, wenn man die Bewegungen der Bären für plump und langsam hält. Die großen Arten sind zwar nicht besonders schnell und auch nicht geschickt, aber im hohen Grade ausdauernd und demnach fähig, den Mangel an Beweglichkeit zu ersetzen; auf die kleinen Arten aber leidet jene Meinung gar keine Anwendung, denn viele bewegen sich außerordentlich behend und rasch.

Alle nördlich wohnenden größeren Bärenarten schweifen bloß während des Sommers umher und graben sich vor dem Eintritte des Winters eine Höhle in den Boden oder benutzen günstig gestaltete Felsenspalten und andere

natürliche Höhlungen, um dort den Winter zuzubringen. Immer bereiten sie sich im Hintergrunde ihrer Wohnung aus Zweigen und Blättern, Moos, Laub und Gras ein weiches Lager und verschlafen hier in Absätzen die kälteste Zeit des Jahres. In einen ununterbrochenen Winterschlaf fallen die Bären nicht, sie schlafen vielmehr in großen Zeiträumen, ohne jedoch eigentlich auszugehen. Dabei erscheint es auffallend, daß bloß die eigentlichen Landbären Winterschlaf halten, während die Eis- oder Seebären auch bei der strengsten Kälte noch umherschweifen oder sich höchstens bei dem tollsten Schneegestöber ruhig niederthun und sich hier durch den Schnee selbst ein Obdach bauen, d. h. einfach einschneien lassen. Das trächtige Weibchen zieht sich in eine Höhlung zurück und wirft in ihr, gewöhnlich frühzeitig im Jahre, ein bis sechs Junge, welche blind geboren und von der Mutter mit aller Sorgfalt genährt, gepflegt, geschützt und vertheidigt werden. Sie gelten, nachdem sie einigermaßen beweglich geworden sind, als überaus gemüthliche, possirliche und spiellustige Thierchen.
Der Schaden, welchen die Bären bringen, wird durch den Nutzen, den sie uns gewähren, ungefähr aufgehoben, zumal sie theilweise nur in dünn bevölkerten Gegenden sich aufhalten, wo sie den Menschen ohnehin nicht viel Schaden zufügen können. Von fast allen Arten wird das Fell benutzt und als vorzügliches Pelzwerk hoch geschätzt.
Außerdem genießt man das Fleisch und verwendet selbst die Knochen, Sehnen und Gedärme.

Aus „Brehms Thierleben" von 1883

Der unberechenbare Schlaumeier

Als feige oder gutmütig, als heimtückisch oder angriffslustig gilt der Bär. Gemächlich kommt er gewöhnlich dahergetappt – aber unheimlich ist sein Tempo als Verfolger und auf der Flucht. Er gilt als taubensanft, aalglatt, fuchsschlau, hundetreu, stierköpfig – bärenstark!
Der Bär ist so anpassungsfähig, daß die Vorlieben und Abneigungen des einen keine Rückschlüsse auf andere zulassen. Er verrät mit keiner Miene, was ihn bewegt – seine Muskulatur erlaubt keine „Ausdrucksfähigkeit". Jeder Bär ist eine ausgeprägte Persönlichkeit. Als typischer Einzelgänger meidet er die Geselligkeit, auch mit seinesgleichen. Nur in der kurzen Paarungszeit im Frühsommer wird der Bär lebhaft und folgt der Bärin, bis sie ihn erhört.
Undurchsichtig und unberechenbar ist der Bär und durchaus nicht der harmlose „Meister Petz". Seinen sprichwörtlichen Appetit auf Honig stillt er, indem er gewandt auf Bäume klettert und Nester der wilden Bienen ausschleckt. Doch kann ihn plötzlich ein unbändiger Fleischhunger packen. Dann schlägt er Rehe, Füchse und sogar Hirsche. Die ganz große Leidenschaft der Alaskabären sind fette Lachse.
Bären sind ausgezeichnete Schwimmer und brauchen auch gefährliche Stromschnellen nicht zu fürchten, wenn sie stundenlang im Wasser stehen und sich die Leckerbissen schnappen.
Daß der Bär ein Schlaumeier ist, weiß man. Er fängt mit geschickter Tatze nicht nur Fische, sondern sogar Krebse, wie schon der römische Fabeldichter Phädrus aus Makedonien berichtet:

Wenn es dem Bären in dem Wald an Nahrung fehlt, läuft er zur Felsenküste, hält sich am Gestein und senkt die zottigen Beine langsam in die Flut. Wenn an den Zotten dann die Krebse hängen, zieht er sie rasch hinauf ans Land, schüttelt sich und speist vergnüglich, was er dem Meer abgewann.

Sagenhaftes von Bären und anderen Tieren

Jäger fanden einst junge *Bären*. Sie spielten mit ihnen und schnitten ihnen Ohren und Schwänze ab. Der eine junge Bär sang, damit die Eltern es erführen: Vater und Mutter seien fort und er würde mißhandelt. Als er sang, hörten die Alten seine Stimme. Die Mutter richtete sich auf, versuchte ihre Kraft an einem großen Baume und zerbrach ihn. Der Vater sagte: „Ich bin groß und mächtig. Wer hat mein Kind genommen?“ Und er rollte einen großen Stein und zerbrach ihn. Dann liefen sie beide zu ihrer Höhle. Sie heißt Bears Lodge und ist im Yellowstone Park. Die Bären retteten ihre Jungen, aber seitdem sind die Bären ohne Schwänze.

Sage der Cheyenne (Indianer)

Der Hase hatte eine Katze. Der *Bär* stieg auf den Baum, der Fuchs kroch unter das Reisig. Im Reisig bewegte sich der Fuchs. Die Katze flüchtete auf den Baum. Der Bär fiel vom Baum und brach sich zwei Rippen. Der Hase lachte, daß ihm das Maul kreuzweis riß. Noch heute hat der Bär gebrochene Rippen, und des Hasen Maul ist kreuzweis gespalten.

Sage aus Finnland

Anfangs gehorchte der *Bär* dem Menschen, denn dieser war sehr stark und kühn und besiegte jedes Tier, und alle Tiere flohen vor ihm, wenn sie ihn erblickten. Doch der Bär wollte die Kraft des Menschen erproben. Nachdem ihn Pferd und Ochse gewarnt haben, begegnete er dem Menschen und fragte ihn: „Bist du der Mensch?“ Als dieser bejaht, erwiderte der Bär: „Ich möchte mit dir reden!“ Der Mensch antwortete: „Ich habe die Rede an einem fernen Ort gelassen; ich will sie mir zuerst holen; dann können wir miteinander reden. Du bleibst hier allein zurück; aber ich fürchte, daß du durchgehst, deshalb laß dich hier anbinden; dann gehe ich, um die Rede zu holen.“ Der Bär willigte ein, und der Mensch band ihn an einen Baum an: dann ging er weg, um die Rede zu holen. Er ging von dannen, schnitt sich einen Knüppel ab, kehrte zum Bären zurück und begann ihn fürchterlich zu schlagen. Dann ließ er ihn frei und sprach: „Nun geh in den Wald, und wenn du noch einmal einen Menschen siehst, fange schon von weitem an zu laufen!“ Deshalb läuft auch heute noch der Bär vor dem Menschen weg, sobald er ihn erblickt, obwohl er stärker ist als der Mensch.

Sage aus Bulgarien

Als Gott die Arbeit der Tiere beim Flüssemachen besichtigte, sah er, daß der *Bär* sehr tüchtig arbeitete. Gott sagte zum Bär: „Du brauchst nicht mehr als ein halbes Jahr zu arbeiten, das andere halbe Jahr kannst du ruhen.“ Darum ruht der Bär auch im Winter und hält seinen Winterschlaf.

Warum der Bär im Winter schläft

Im Herbst am St. Michaelistage wollte eine Bauernfrau zum Abend Kohlsuppe kochen. Sie holte aus dem Garten mehrere große Kohlköpfe. Da kein Holz mehr im Hause war, ging der Mann in den Wald, um etwas zu holen. Während er das Reisig sammelte, hatte er sich immer weiter vom Hause entfernt und schließlich verirrt. Er suchte den Weg, bis er müde wurde, und da er eine Bärenhöhle sah, ging er hinein, um sich auszuruhen und am Morgen weiter zu suchen. Er schlief ein, und als er endlich erwachte, war es noch Nacht; da kehrte er sich auf die andere Seite und schlief weiter. Am Morgen erwachte er und fand den Weg nach Hause. Die Frau aber wollte ihn nicht wiedererkennen, die Stimme allein war ihr bekannt. Der Mann war sehr hungrig und fragte, ob sie von der gestrigen Suppe noch etwas übrig hätte. Verwundert blickte das Weib ihn an. „Hast du die Suppe gestern Abend gar nicht gekocht?" fragte der Mann. Da stellte es sich heraus, daß der Mann den ganzen Winter fortgewesen war und daß sie schon Frühling und Mariä Verkündigung (25. III.) hatten. – Seit der Zeit geht nun der *Bär* immer am Michaelistage in seine Höhle und hält seinen Winterschlaf. Am Lichtmeßtage kehrt er sich auf die andere Seite, und zu Mariä Verkündigung kommt er heraus und wird denen das Maul belecken, die nicht vor Sonnenaufgang aufzustehen vermögen.

Sage aus Estland

Sprichwörtliches

Bär und Büffel können keinen Fuchs fangen.

Viele jagen den Bären, aber keiner will ihn stechen.

Einen Bären loslassen ist besser, als einen anbinden.

Er brummt wie ein Bär.

Er saugt an den Tatzen wie ein Bär.

Alle kennen den Bär, aber der Bär kennt keinen.
(Finnisches Sprichwort)

Wer den Honig mit den Bären teilt, erhält den kleineren Teil.
(Italienisches Sprichwort)

Warum tanzt der Bär? Weil er keine Frau hat.
(Jüdisches Sprichwort)

Im Bären sind viele Gedanken, doch keiner kommt heraus.

Im Walde ist Bär Oberpriester.

Ist der Bär nicht an der Leine, so tanzt er nicht.

Zwei Bären in einer Höhle vertragen sich nicht.
(Russisches Sprichwort)

Ein ungeleckter Bär ist ein ungehobelter, grober Geselle. Dieses Schimpfwort für einen plumpen, ungeschickten Menschen geht auf das Altertum zurück und stammt aus dem Volksglauben, daß der Bär als ein unförmiges Stück Fleisch geboren wird und erst durch die Mutter in die richtige Form geleckt wird. Diesen Ausspruch gibt es auch im Französischen – „un ours mal léché“ – und im Holländischen – „het is een ongelikte beer“.

Er ist *ein rechter Bär* oder *wie ein Bär* kann heißen, daß jemand hungrig, stark, gesund *wie ein Bär* ist. Man kann *wie ein Bär schwitzen* oder *wie ein Bär (tief und fest) schlafen.*

Tanzen wie ein Bär: diese Redensart erinnert an die lustigen Tanzbären auf den Jahrmärkten, die – zum Vergnügen der Kinder und einfachen Menschen – unbeholfen tanzen.

Not lehrt den Bären tanzen wird ähnlich benutzt wie „Not lehrt beten“ oder „Not lehrt Künste“.

Den Bären machen – auch dies kommt von der Sitte der Jahrmärkte: der Jahrmarktsbär hatte zu tanzen, sooft es der Bärenführer wollte. Ganz generell bedeutet dies, daß jemand zu niedrigen Dienstleistungen mißbraucht wird. Wer allerdings im Rheinischen „den Bär macht", der ist in einer lustigen Gesellschaft der Ausgelassenste.

Einen Bären aufbinden bedeutet, jemandem etwas weismachen, Unwahres so erzählen, daß er es glaubt, oder auch wichtigtuerisch aufschneiden. Es ist eine der Bären-Redensarten, die – wie „einen Bären anbinden" – wahrscheinlich mit dem Bären nichts zu tun haben, sondern aus einem Mißverständnis des Wortes Bär = Last oder auch bern = tragen herrühren.

Wer jemandem *einen Bärendienst erweist,* erweist ihm einen schlechten Dienst, gibt eine ungeschickte oder unzweckmäßige Hilfeleistung.

Einen Bären anbinden bedeutet Schulden machen wie jener Bärenführer, der dem Wirte, statt ihm die Zeche zu bezahlen, seinen alten Bären an die Türpforte band und davonging. Wurde später für zahlungsschwache Jahrmarktsschausteller angewendet.

Den Bärenführer machen heißt – ursprünglich in Studentenkreisen – Gästen die Stadt zeigen, und das nicht nur in den Bärenstädten wie Bern und Berlin. In Berlin werden noch heute im Volksmund die Fremdenführer *Bärenführer* genannt.

Auf der Bärenhaut liegen

Das machen alle Faulenzer und alle anderen dazu, wenn sie im Urlaub oder in der Freizeit Gelegenheit haben. Die Redensart tauchte schon im 16. Jahrhundert auf. Bekannt wurde sie durch das Studentenlied „Tacitus und die alten Deutschen“ von A. Kunitz und W. Ruer.

> An einem Sommerabend, im Schatten des heiligen Hains,
> Da lagen auf Bärenhäuten zu beiden Seiten des Rheins
> Verschiedene alte Germanen,
> Als plötzlich mit freundlichen Gruß
> Ein Römer kam: „Meine Herren, ich heiße Tacitus“.

Dies war zu Zeiten, als ein Faulenzer und Nichtstuer oder auch ganz allgemein ein ungepflegter Mensch oder Flegel als *„Bärenhäuter“* gescholten wurde. Bärenhäute galten im Altertum als vermeintliche Kleidung der Germanen.

Die Bärenhaut verkaufen, bevor man den Bären hat, geht wohl auf die Erzählung von zwei Jägerburschen zurück, die ihrem Wirt versprachen, die Rechnung mit der Haut des noch nicht erlegten Bären zu bezahlen. Dies ist ein international bekanntes Sprichwort, das sowohl im Englischen – „to sell the skin before you have caught the bear“ – wie auch im Französischen – „Il ne faut pas vendre la peau de l'ours, avant qu'il soit pris“ – vorkommt.

Die Bärenhaut
Eine Fabel von La Fontaine

Zwei Freunde, beide knapp bei Kasse,
Besuchen in der nächsten Gasse
Den Kürschner, und sie bieten an
Zum Kauf ein Bärenfell dem Mann.
Der fragt: „Wo ist das Fell, Ihr Herren?“
„Das, Meister, laßt Euch gar nicht scheren,
Den Pelz, den sehet Ihr sehr bald!
Der Bär? Der streift jetzt noch im Wald,
Doch ist er unser, dieser Bär,
Solch schönen gibt es nimmermehr!
Und wir sind beide beste Jäger,
Berühmt als Ungetümserleger.
Schon morgen sind wir hier zurück
Und bringen Euch das teure Stück.
Sechs Mäntel, Meister, macht Ihr draus –
Nun bitte, zahlt den Preis uns aus!“
Der Kürschner wird nicht gern geprellt:
„Bringt erst den Pelz, dann kriegt Ihr Geld!“

Drauf zieh'n die beiden in den Wald,
Und wirklich kommt der Bär auch bald.
Das Herz rutscht ihnen in die Hosen,
Sie stehen da wie die Mimosen.
Das Ungetüm naht mit Gebrumm.
Was tun? ... Der erste, gar nicht dumm,
Erinnert sich, er hab' gelesen,
Ein Bär hätt' Scheu vor toten Wesen.

So fällt er um, liegt starr und still.
Der andere überlegt nicht viel,
Sieht sich rasch um; man glaubt es kaum,
Erklettert flink den höchsten Baum.

Schon ist auch da der grimme Bär.
Er merkt nicht den im Baumeswipfel,
Und der da liegt, reizt sein Begehr;
Beschnuppernd prüft er jeden Zipfel
Des Mannes, der da auf dem Grund
Des Waldes liegt, verweilt am Mund,
Zu spüren, ob er atme noch.
„Potz Blitz, er riecht schon aus dem Loch!"
Der Bär sich wendet schüttelnd um,
Trabt in den Waldweg mit Gebrumm.

Da kommt der Mann vom Baum herunter,
Reibt sich die Hosen und spricht munter:
„Welch Abenteuer, lieber Freund,
Bestanden brav wir, treu vereint!
Doch was – ein Zweig hat grad geknistert –
Hat dir das Biest ins Ohr geflüstert?"

„Ein Fell man nicht zu Markte trägt,
Bevor den Bären man hat erlegt!"

Bärenpflücker

Eine Nacht lang waren freiwillige Helfer unermüdlich im Einsatz, nachdem sich im Umkreis einer Farm im Nordwesten des US-Staates Louisiana die Kunde verbreitet hatte, ein Schwarzbär sitze hoch in einer Pinie tief in der Tinte, weil er nicht mehr von dem Baum herunterkomme. Tierheger und Biologen waren unter denen, die sich ansammelten, um dem 20 Meter über dem Erdboden vermuteten Schwarzbären, Vertreter einer selten gewordenen, vom Aussterben bedrohten Art, zu helfen, damit er wieder Boden unter die Tatzen bekam.
Fast acht Stunden dauerte der nächtliche Einsatz, in dessen Verlauf ein Tierarzt mit Betäubungsmitteln präparierte Bolzen in den Baumwipfel schoß, um das Tier zum Herabfallen zu bringen.
Polizisten und Wildhüter hatten ein Netz aufgespannt, das den Bären auffangen und vor Schaden bewahren sollte.
„Die Leute wollten mit aller Macht helfen und diesen Bären schützen und ihn dorthin bringen, wohin er gehört", berichtete der Bauer Norman Gordon. Als alles andere nichts half, wurde der Baum schließlich am nächsten Morgen umgesägt. Aus der Krone barg man – einen reichlich betäubten – Müllsack.

Gasthaus zum Bären

Wirtshausschilder mit Bären oder anderen Tieren waren schon im antiken Rom bekannt, so gab es die römischen Schenken „Ursus pileatus“ (Bär mit der Haube) und „Ursus togatus“ (Bär mit der Toga). Diese Schilder mögen darauf zurückzuführen sein, daß man sich die dem Bären zugeschriebene Stärke und Tapferkeit zu eigen machen wollte. Auch galt der Bär als Sinnbild für Großzügigkeit und Hilfsbereitschaft, so daß es eine Verpflichtung zu diesen Tugenden bedeutet haben könnte, einen Bären im Schild zu führen.

Aus der Fülle der Bären-Wirtshäuser in Deutschland seien hier drei erwähnt. Der „Rote Bär“ in Freiburg ist das älteste Gasthaus Deutschlands. Der erste beurkundete Bären-Wirt ist *Hanman; Wirt ze dem roten Bern,* der am 13. März 1387 in einer Gerichtsurkunde genannt wird. Der „Schwarze Bär“ in Jena gehört zu den berühmten Luther-Häusern und der „Schwarze Bär“ in Göttingen blickt auf eine lange Tradition als Studentenkneipe zurück. Als Wirtin besondere Berühmtheit erlangte die „Bärenmutter“ Dorothea Schepler.

Als Beispiel für die Beliebtheit des Bären als Wappentier soll hier ein Zitat von *René Creux* aus seinem Buch *„Schilder vor dem Himmel“* stehen: „Der helvetische Wappenbär, auf zwei oder vier Füßen, zweiter in der Rangordnung der Schweizer Schilder, hat etwas Eroberndes an sich, aber auch etwas Gutmütiges, und so erweckt er gleichzeitig eine leise Furcht und ein leicht spöttisches Lächeln. Alles in allem ist er wohl der „Mutz“ unserer Kinder, der be-

sänftigend die Schilder schmückt, wo er an seinen eingewurzelten Ruf als Schlemmer gemahnt, an seine sagenhafte Trägheit, an seine Freude an der Bequemlichkeit, deren Kennzeichen sein dicker, die überquellenden Formen schützender Pelz ist. Er ist ein Großherr, doch dick und gemütlich; manchmal wohl zu furchtbarer Wut aufbrausend, im allgemeinen aber ein wenig verschlafen und zerstreut. Dieser liebenswürdige Tolpatsch verleiht seinen Herbergen die Anziehungskraft von guter Küche und Geruhsamkeit."

Auch Bären trinken gerne kühles Bier

Witze mit Anfangssätzen wie „Kommt ein Bär in die Bar und sagt ..." werden bisweilen von der Wirklichkeit eingeholt. Viktor Koslow saß in einem Biergarten mitten in der russischen Stadt Charkow, als ihm jemand befremdlich heftig auf die Schultern schlug. Es war ein Braunbär, dessen Größe von der sowjetischen Nachrichtenagentur Tass am Samstag als enorm beschrieben wurde.

Der Bär hatte es offensichtlich darauf abgesehen, vom Bier Koslows zu kosten, was dieser partout nicht wollte.

Der Bär biß ihn daraufhin in die Hand, zerrte ihn vom Sitz und entwand ihm das Glas sowie eine Tasche mit Lebensmitteln. Drei andere Biergartenbesucher erkannten das Bedürfnis des Bären und boten ihm einen Eimer mit drei Litern Bier an, was ihn endlich zufriedenstellte. Anschließend schlief er ein.

Es stellte sich heraus, daß das Tier seines Zeichens Zirkusbär und von einem Lastwagen entwichen war, der ihn zu einem anderen Auftrittsort hätte bringen sollen.

Bären-Apotheken

Bären galten nach antiken Autoren als Kenner der Heilkräuter. Zahlreichen Bestandteilen des Bären wurden Heilkräfte zugeschrieben (z.B. dem Bärenfell, -blut, -herz). Noch bis ins 19. Jahrhundert war das Bärenfett ein angesehenes Heilmittel. So liegt es nahe, daß sich zahlreiche Apotheken „Zum Bären" nannten.

Bäriges aus der Volksmedizin

Bärenschmalz heilt das Ornickel, das knollige Ohrdrüsengeschwulst mit Ohrenschmerzen.

Wenn einem das Genick weh tut, ist es gut, mit Bärenschmalz und Butter einzusalben.

Bei Lendenschmerz ist gut Schwertlinwurtz mit Bärenschmalz gemischt.

Bärenschmalz mit Gilgenwurtzen vermischt ist gut bei Brand.

Bärenschmalz wurde auch angewandt bei „wildem Feuer", dem aus dem wilden Walde kommenden Feuer, Karbunkeln, Röteln und allen möglichen Hauterkrankungen, die manchmal mit Fieber einhergehen = fliegende Hitze, fliegendes Feuer; Herpes.

Bützel – die eitrigen Absonderungen auf der Oberfläche von Geschwüren oder knollige Drüsenanschwellung – weichen diesem Schmalz.

Den Husten stillt es, so man Bärengalle mit Honig süßt.

Dämpfigen (asthmatischen) und keuchenden Leuten tut gut Bärengalle im warmen Wasser getrunken.

Ja selbst den Krebs und andere umfassende Schäden heilt – nach der alten Volksmedizin – die Bärengalle.

Wo man einem, der das viertägige Fieber hat, *Bärenaugen* an den Arm bindet und zwar zur linken Seite, so wird er gesund.

Bärenhoden gegessen ist gut für diejenigen, die die Fallsucht (Epilepsie) haben: „Nimm von den Hoden eines Bären, von Wolffshoden / Schwalmenblut (Schwalbenblut) / und des steines so man ins Schwalmen magen findt / meersternens / eins / ana Zyi geschellten knobluches / hirzenhorns (Hirschhorn) / und geißhorns / und beröuch daarmit den so die fallend sucht hat."

Für die Warzen: Das *Blut des Bären* nehmen und damit die Warzen bestreichen.

Bärenmilch in die Ohren getropft, tut denjenigen wohl, die daselbst an Schmerzen leiden.

Beim Vorfall der Gebärmutter: „Nimm Bernschmaltz von einer Berin und salbe das rechte Creutz bis hinunter auf das schloß, des morgens, wenn du aufstehest, und des nachts, wann du schlaffen wilt gehen".

Wèr von einem tollen Hund gebissen wird, dem bereite man ein Lager aus Bärenfell (wohl nach dem uralten Jägerglauben: der Bär sollte den Hund herauslocken).

Der Mann von Grimsö und der Bär
Ein Märchen aus Island

Es geschah einmal auf Grimsö, daß das Feuer im Winter erlosch, so daß auf keinem Hof Feuer oder Licht angezündet werden konnte. Es war damals ruhiges Wetter, und der Frost war so scharf, daß der Grimsösund zugefroren war, und man glaubte, daß das Eis tragen könne. Da entschlossen sich die Bewohner von Grimsö, ein paar Leute auf das Festland zu senden, die Feuer holen sollten, und wählten dazu drei von den tüchtigsten Männern der Insel. Sie zogen früh morgens bei hellem Wetter davon, und eine Menge Bewohner begleitete sie auf das Eis hinaus und wünschte ihnen einen glücklichen Weg und baldige Heimkunft. Es wird nichts von der Wanderung der Ausgesandten berichtet, bis sie mitten im Sund an eine Wake kamen, die so lang war, daß sie ihr Ende nicht sehen konnten, und so breit, daß nur zwei mit knapper Not hinüberzuspringen vermochten, während der dritte sich nicht dazu imstande glaubte. Die anderen rieten ihm deshalb, nach der Insel zurückzukehren und setzten ihre Wanderung fort; er aber blieb am Rande der Wake zurück und verfolgte sie mit den Augen. Er wollte ungern unverrichteter Sache zurückkehren und entschloß sich daher, an der Wake entlang zu gehen, um zu versuchen, ob sie vielleicht an einer anderen Stelle schmaler wäre. Im Laufe des Tages wurde das Wetter trübe, und es zogen von Süden Sturm und Regen auf. Das Eis löste sich, und schließlich stand der Mann auf einer Eisscholle, die dem Meere zutrieb. Am Abend stieß die Scholle gegen einen großen Eisberg, den der Mann be-

stieg. Da entdeckte er unweit von sich einen Bären, der auf seinen Jungen lag. Er aber war verklammt und hungrig, und ihm graute jetzt vor dem Leben. Als der Bär den Mann erblickte, betrachtete er ihn eine Weile, erhob sich dann, ging auf ihn zu, umkreiste ihn und gab ihm ein Zeichen, daß er sich auf das Lager zu den Jungen legen sollte. Er tat das mit Furcht im Herzen. Dann legte sich das Tier selbst bei ihm nieder, breitete sich über ihn und säugte ihn mit seinen Jungen zugleich. Die Nacht verstrich; am nächsten Tage stand das Tier auf, entfernte sich ein kleines Stück vom Lager und winkte dem Manne, nachzukommen. Als er auf das Eis hinausgekommen war, legte sich der Bär vor seine Füße nieder und gab ihm ein Zeichen, sich auf seinen Rücken zu setzen. Als er den Rükken des Bären bestiegen hatte, erhob sich dieser, rüttelte und schüttelte sich, bis der Mann von ihm heruntergefallen war. Mit dieser Probe war er für diesmal zufrieden, der Mann aber wunderte sich darüber. Es vergingen nun drei Tage; nachts lag der Mann auf dem Lager des Bären und saugte seine Milch, jeden Morgen aber hieß ihn der Bär sich auf seinen Rücken setzen, und dann schüttelte er sich, bis der Mann sich nicht mehr festhalten konnte. Am vierten Morgen konnte sich der Mann auf dem Rücken des Tieres halten, so viel es sich auch schüttelte.

Gegen Abend ging es aufs Eis hinunter, den Mann auf dem Rücken und schwamm mit ihm nach der Insel.

Als der Mann an Land gekommen war, ging er auf die Insel hinauf und gab dem Bären ein Zeichen, ihm zu folgen. Er ging voran nach seinem Heim und ließ sogleich die beste Kuh im Stall melken und ihn so viel frisch gemolkene

Milch trinken, wie er nur konnte; dann ging er vor dem Bären in seinen Schafstall, ließ die beiden besten Schafe aus seiner Herde herausnehmen und schlachten, band sie an den Hörnern zusammen und legte sie quer über den Rücken des Bären. Dieser kehrte nach dem Meere zurück und schwamm zu seinen Jungen hinaus.
Und nun war viel Freude auf Grimsö, denn während die Inselbewohner mit Erstaunen dem Bären nachschauten, sahen sie ein Boot vom Festland kommen und mit gutem Wind nach der Insel segeln. Darin hofften sie die beiden anderen Abgesandten mit dem Feuer zu sehen.

Während der Deutsche von der Dummheit des Bären viel zu sagen weiß, hat der Lappländer, der diesen Tieren deutlich näher steht, eine um so größere Meinung von seinem Scharfsinn und pflegt von ihm zu sagen, ein Bär sei so stark wie zwölf und so gescheit wie zehn Menschen. Die Lappen behaupten sogar, daß der Bär alles versteht, was die Menschen sagen.

Bärenjagd

„Die Bährenjagt ist gar sonderbar / und mit vielen Ceremonien und Aberglauben angefüllet / also / daß man mit Fleiß davon reden muß.“
Joh. Scheffer (Lappland, 1675)

Die Jagd auf den Bären ist in der gesamten Subarktis von Lappland über Nordasien bis hin nach Nordamerika von bestimmten rituellen Handlungen begleitet. Sie umfassen Ansprachen an den Bären vor und nach der Jagd, ein Fest, bei dem der Bär nach bestimmten festgelegten Regeln verzehrt wird, Speise-Tabus für die Frauen, den Verzehr bestimmter Teile des Bärenfleisches betreffend, erhöhte Aufbewahrung des Bärenschädels und besondere Unterbringung des Knochens sowie Sprachtabus, denen zufolge das Wort „Bär“ in den verschiedenen Sprachen mit anderen Bezeichnungen umschrieben werden muß. Diesen rituellen Handlungen liegt die Vorstellung zugrunde, daß der Bär oder der Herr des Bärengeschlechtes durch korrekte Behandlung des getöteten Bären geehrt und versöhnt werden muß. Damit soll einerseits eine mögliche Rache des Herrn der Bären oder auch der Seele des getöteten Bären am Jäger vermieden werden. Andererseits will man mit der sorgfältigen Aufbewahrung von Schädel und Knochen und der Versöhnung des Bären und des Bärenherrn eine Wiederbelebung des getöteten Bären ermöglichen und damit Jagderfolg bei einer erneuten Bärenjagd sichern.

Aus dem Vorwort zu einer Freiburger Dissertation über das Bärenzeremoniell in Nordamerika.

Bauer, Bär, Wolf und Hase

Ein Mann zimmerte sich im Walde eine Mulde. Eben war die Mulde fertig, da sah er zu seinem Schrecken ganz nahe von sich einen Bären angestapft kommen. Wohin nun? Sollte er auf einen Baum klettern? Der Bär würde ihm nachklettern. Nein, lieber wirft er sich schnell auf die Erde, stülpt die Mulde über sich und rollt sich, so gut er kann, in ihrer Höhlung zusammen. Der Bär kommt, hockt sich auf die Mulde und bemerkt gar nicht, daß darunter ein Mensch steckt. Er hockt und hockt eine Weile, da trifft es sich, daß der Wolf vorübergeht. „Wohin läufst du? Es eilt ja nicht!" rief ihm der Bär zu, „komm etwas plaudern!" Gut. Nicht lange darauf hüpft der Hase vorbei.

„Wohin so eilig?" rief ihm der Bär zu, „komm, wollen wir plaudern!"

Gut, sie plaudern also alle drei. Da kommt dem Wolf der Einfall: „Hört, was ich sage: Wir müssen etwas zu beißen haben. Ich will aus dem Stall des Bauern ein Schaf stehlen; was könntest du, Bär, herbeischaffen?"

„Ich will einen Bienenstock mit Honig herschleppen; was kannst du, Häschen, besorgen?"

„Ich will einen Kohlkopf schaffen."

Gesagt, getan. Der Wolf geht, ein Schaf zu erbeuten, der Bär nach dem Honig, der Hase nach dem Kohlkopf. Aber unterdessen kriecht mein Bauer hurtig unter der Mulde hervor und eilt auf Umwegen dem Wolf voraus. Er läßt die Bäuerin kochendes Wasser besorgen und stellt sich hinter der Stallecke auf die Lauer.

Es währte nicht lange, so ist der Wolf da und schleicht sofort in den Stall, das Schaf zu rauben. Aber kaum ist er

HON

drin, so schlägt der Bauer die Tür zu und schreit aus vollem Halse: „Frau, kochendes Wasser, kochendes Wasser her!" Die ist auch sofort mit einem vollen Eimer zur Stelle. Der Bauer öffnet die Tür, und sowie nun der Wolf hervorspringt, gießt er ihm einen tüchtigen Guß siedenden Wassers aufs Fell und verbrüht ihn so furchtbar, daß er fast auf dem Fleck geblieben wäre. Und während sich nun der arme Tropf langsam fortschleppte, läuft der Bauer wieder auf einem Umwege zurück und verkriecht sich unter der Mulde. Es war auch die höchste Zeit, denn schon nach einer kleinen Weile schleppte der Bär den Bienenstock heran und der Hase den Kohlkopf; nur vom Wolf war noch keine Spur zu sehen. Zuletzt sah man ihn wohl in der Ferne langsam, langsam antrotten. Da sagte der Bär: „Sieh da, was der Wolf für eine Last schleppt, er kommt ja kaum vom Fleck. Wie er aber näher kommt, trägt er gar keine Last, nur die Füße gehorchen ihm nicht. Die beiden wundern sich, aber der Wolf beginnt seine Erzählung: „Ach, ihr Freunde, wie schnell kann man dort sein Leben verlieren, mit genauer Not bin ich entwischt. Besonders hat man sich zu hüten, wenn man die Worte hört: ‚Frau, kochendes Wasser!' Ich sage euch, wenn ihr das hört, dann fakkelt nicht mehr, sondern lauft, was ihr könnt."
Kaum war der Wolf zu Ende, als der Bauer unter der Mulde aus Leibeskräften schrie: „Frau, kochendes Wasser!" Kaum hörten der Wolf, der Bär und der Hase die Worte, da war es, wie wenn Feuer ins Werg gerät: alle stoben davon in den Busch. Aber der Bauer nahm vergnügt den Honig, den Kohlkopf und seine Mulde und ging singend heim.

Litauisches Märchen

Auch das hat mit den Bären zu tun

Der *Bärenfänger* ist ein ostpreußischer, goldgelber Honiglikör, der die Eigenschaft der Bären, an den Honig zu gehen, für die Menschen zunutze macht.

Bärwurz, auch *Bärendill* oder *Bärenfenchel* genannt, ist eine wie Fenchel riechende Gebirgspflanze; eine beliebte Futterpflanze und ein Würzkraut für Käse und Kräuterliköre.

Bärenklau ist eine Pflanzengattung mit mehr als siebzig Arten auf fetten Wiesenböden. Im Kaukasus auch als *Riesen-Bärenklau* eine bis 3 m hohe Zierpflanze. *Bärenlauch* ist eine nach Knoblauch riechende Frühlingspflanze, *Bärenschote* ein Kraut mit niederliegendem, süßschmekkendem Stengel und grün-gelben Schmetterlingsblüten.

Die *Bärentraube* bringt keineswegs einen „Bärenwein", sondern ist eine Heilpflanze, ein Heidekrautgewächs, das auch als *Bärentraubenblättertee* getrunken wird.

Bärenspinner sind schön gefärbte Nachtfalter, der *Bärenmakak* ist ein schwanz*loser* Affe, *Bärenmakis* sind wollige Halbaffen.

Der *Bärensee* oder *Große Bärensee,* Great Bear Lake, ist ein buchten- und inselreicher See in Nordkanada, 29000 km^2 groß und 137 m tief. Der Abfluß erfolgt durch den *Großen Bärenfluß.*

Bärwalde in der Neumark ist eine Gemeinde nordwestlich von Küstrin, heute zu Polen gehörend. Dort wurde 1631 der *Vertrag von Bärwalde* – die Allianz zwischen Frankreich und Schweden gegen Habsburg – geschlossen.

Der *Große Bär,* Ursa major, ist ein Sternbild am Nordhimmel: die sieben hellsten Sterne bilden den Großen Bär oder Großen Wagen; die fünffache Verlängerung der beiden hinteren Wagensterne führt zum Polarstern. Dieser gehört zum *Kleinen Bär,* Ursa minor, oder Kleinen Wagen.

Die *Bärentage* (ursus, lat. = der Bär) ziehen sich durch das ganze Kalenderjahr: 20. 5 = Bernhard; 20. 8 = Bernhard; 20. 9. = Urs; 21. 10 = Ursula; 20. 12. = Ursinicus. Noch weitere Bezüge gibt es, so führt der Heilige des 20. 11., Kolumban, den Bären als Sinnbild. Die Bärentage waren um 400 die natürlichen Monatsanfänge. Der Zusammenhang mit den beiden wichtigsten Sternbildern des nördlichen Himmels, dem Großen und dem Kleinen Bären, ist einleuchtend. Die Tage werden von daher ihren Namen haben.

Den *Ramm-Bär* gibt es im Tiefbau als Klotz aus Stahl zum Rammen von Pfählen und zum Zerkleinern den *Schlag-Bär,* den *Fall-Bär* gibt es freifallend in Fallhämmern, den *Hammer-Bär* bei Maschinenhämmern.

Bärenfüße oder *Bärenklauen* sind alte Schuhformen, Lederschuhe mit mehrfach geschlitzter breiterer Spitze oder auch eiserne Schuhe der richterlichen Rüstung.

Bärenzucker bedeutet das gleiche wie *Bärendreck* und wird in Süddeutschland und in Österreich gebraucht für Lakritze.

Fritz Baer war ein deutscher Maler im 19. Jahrhundert, der süditalienische Landschaften malte, *Karl-Ernst von Baer* ein bedeutender deutscher Zoologe und Naturforscher, nach dem das *Baersche Gesetz* benannt wurde. Im Südbadischen ist der Name Bär in unterschiedlichen Schreibweisen recht geläufig.

Und wenn der Bär – oder ein menschlicher Verwandter – *bärbeißig* ist, dann ist er grimmig und verdrießlich.

Der Bär

In einer Posse von Anton Tschechow

Standhaft und prinzipienfest betrauert die junge und hübsche Witwe Popova seit einem Jahr den Tod ihres Gatten. Mit dem Gutsbesitzer Smirnow, der die Rückerstattung eines Darlehens von zwölfhundert Rubeln von ihr verlangt, liefert sie sich die folgende „bärenstarke" Schlüsselszene der Komödie:

„Sieht man ein solch poetisches Geschöpf vor sich, so glaubt man, ein ätherisches, göttliches Wesen zu erblikken, so wunderschön, ein Hauch, und man zerfließt in tausend Entzückungen und Wonnen – sieht man aber in die Seele – so ist es ein gewöhnliches Krokodil! (Er greift eine Stuhllehne, der Stuhl kracht und bricht entzwei). Das Empörendste ist aber, daß dieses Krokodil sich einbildet, es sei ein Chef d'œuvre, die zarten Gefühle seien sein alleiniges Monopol. Der Teufel hol's, hängen Sie mich da an diesem Nagel mit den Füßen nach oben auf, wenn die Frau außer ihrem Seidenpinsch jemand lieben kann ..."
Worauf er schließlich die Antwort erhält: „Sie sind ein Grobian! Ein grober Bär! Ein Ungeheuer! ... Bär! Bär! Bär!"

Was nicht hindert, daß die erschrockene und bewaffnet ins Zimmer stürmende Dienerschaft die schöne Witwe und ihren „Bär" in inniger Umarmung und sich küssend vorfindet.

Berner Bärengeschichten

Der Bärengraben befindet sich – so ein Bericht aus der Berner Chronik von 1859 – am östlichen Ende der schönen Nydeckbrücke, wohin er, nach Beschluß der Einwohnergemeinde vom 10. April 1856 und nach dem Wunsche der untern Stadtgemeinde, fast zu gleicher Zeit mit dem Viehmarkt, vor das untere Tor verlegt wurde. Dieser Neubau in einem Halbkreis, mit Türmchen im gotischem Stil und in zwei Abteilungen geteilt, wurde Anfangs Mai 1857 vollendet und kostete ungefähr 35000 Fr. Er ist mit zwei alten und zwei jungen Bären bevölkert, deren erstere ihren festlichen Einzug am 6. Mai 1857 hielten. Merkwürdig ist es, daß diese Tiere nun auf dem alten burgundischen Boden, gegenüber dem Sack einquartiert sich befinden, wo, der Sage nach, „der erste Bär hier sam“.
In den ältesten Zeiten Berns sollen Bären in einem Graben der ersten Befestigungen und später in den zweiten Befestigungen ihre Wohnungen gehabt haben. Über den Ursprung dieses uralten Instituts enthält die Geschichte verschiedene Angaben. Zur Zeit der Burgunder-Kriege, um 1475, soll der flüchtige Herzog von Lothringen einige Bären der Stadt Bern zum Geschenk gemacht haben. Nach einer anderen Sage soll der Berner Hauptmann Glado (Claudius) May zwei lebendige Bären als Siegeszeichen aus der Schlacht bei Novarra am 6. Junius 1513 heimgebracht und der Stadt Bern geschenkt haben.
Der Unterhalt des Bärengrabens beläuft sich jährlich, mit Inbegriff der Besoldung des Bärenwärters, von Fr. 350, auf ungefähr Fr. 1470.

Beinahe zu jeder Tagesstunde ist die Grube von Zuschauern umgeben, die sie gemütlich füttern, was mehrere stehende Buden mit Bärenspeisen bei dieser Grube ins Dasein gerufen hat.
... und das ist heutzutage – mehr als einundeinviertel Jahrhundert nach diesem Bericht – nicht anders ...

„Bären-Zoologie"

Ein sich in Bern aufhaltender vornehmer Franzose besuchte mit seiner Familie auch den Bärengraben, wo er die Bären mit Lebkuchen taktierte. Die Mutzen äußerten dem Franzosen ihre Dankbarkeit für ihre Lieblingspeise dadurch, daß sie sich in ihrer ganzen Größe aufrichteten. Der Franzose, erstaunt über die enorme Geschicklichkeit der scheinbar plumpen Mutzen, rief seinen Angehörigen zu:
„Ah, voilà, il se lève!"
Ein durchreisendes deutsches Handwerkerlein aber sagte belehrend zu dem Franzosen:
„Verzeihen's Ihr Gnaden, das ist kein Lewe, das ist ein Bär."

Nach dem „Gukkasten", 1842

Von der Liebe der Berner Bären

Natürlich hat die Bärin Gemüt, und der Mani will immer nur „böse Sachen" machen. Nämlich in den Monaten April bis Juni.

Kann man denn nicht ruhig beisammensitzen oder -liegen und so zu zweit träumen und sinnieren? Das ist doch auch schön. Und so läuft denn die Bärin ihrem Mani zwar nicht davon, aber wenn sie sich zu einem Tête-à-tête in der Frühlingssonne an der Mauer hingehockt haben, so rutscht sie bei seinen Annäherungsversuchen immer vorsichtig ein bißchen zur Seite, wie das spröde Mädel auf der Liebesbank.

Ab und zu sieht sie ihn freundlich und vielleicht bewundernd und verliebt an – ja, er ist ein Lieber, aber alles zu seiner Zeit! Und seufzend legt er sich hin, schielt zu ihr hinüber, nähert sich zag, um ihre Tatze zu lecken oder sie im Nacken zu liebkosen.

Kommt dann da oben ein Hochzeitspärchen mit Rübli, so läßt man sich nicht zu sehr stören: langsam, ohne von ihrer Seite zu weichen, richtet er sich halb auf und macht schnell ein paarmal berufsmäßig bitte – bitte!, läßt sich ein paar von diesen Dingern in den geöffneten Rachen fliegen, überläßt den Rest der sonst in dieser Hinsicht arg tyrannisierten Gattin – und dann schmiegt er sich ganz nahe und brav an die Liebste, die es für diesmal geschehen läßt ...

Aus dem Bärenbuch von
Friedrich Aug. Volmar

Von der Liebe am Bärengraben

Erzählt von Rudolf v. Tavel (1866–1934), der als Progymnasianer mit Weggenossen an dieser Stätte eine hübsche Liebesgeschichte beobachtet hat:

„Unter den regelmäßigen Besuchern des Bärengrabens bemerkten wir einen jungen Beamten und ein anmutiges Mädchen. Erst betrachtete er von der Stadtseite die Mutzen, sie von der Landseite. Sie entdeckten sich über den Graben hinweg, und dann rückten sie allmählich um die Rundung näher zusammen und fütterten schließlich gemeinsam die braunen Zeugen ihrer wachsenden Freundschaft. Man sah die beiden jeden Tag zur gleichen Stunde. Nach einiger Zeit begleiteten sie sich auf dem Wege von und zum Bärengraben. Sie schienen uns immer unzertrennlicher. Nach etwa anderthalb oder zwei Jahren kamen sie mit einem Kinderwagen und zeigten ihrem Baby die Bären.“

Es ist wohl nicht das einzige Paar, das so sich am Bärengraben gefunden ...

Berliner Bärengeschichten

Ein gern gekauftes Andenken bei einem Besuch an der Spree ist der „Berliner Bär“, wie er auf dem Wappen der Stadt abgebildet ist. Als Souvenir gibt es ihn in verschiedenen Größen. Besonders beliebt bei den Touristen ist er im Mini-Format. Die Geschichte des Berliner Wappentieres selbst liegt im dunkeln. Es gibt wohl ebensoviele verschiedene Ansichten darüber, wie der Bär zum Stadtsymbol geworden ist, wie sich Historiker mit dieser Frage beschäftigt haben. Erstmals erschien er im Jahre 1280 im Siegel auf einem Gildebrief der Kürschner.

Wie der kleinste bewegliche Souvenir-Bär der Welt entstanden ist, steht dagegen fest: Um 1920 erblickte er als Spielzeug das Licht der Welt in der Nürnberger Werkstatt des Spielzeugerfinders Heinrich Müller von Schuco, einer bekannten Spielzeugfabrik. Der kleine Bär bestand – und besteht auch heute noch – aus stabilem Blech, das mit Plüsch überzogen ist. Als Schuco die Produktion einstellte, hat die Berliner Firma Martin Weiß die Formen und die Rechte erworben. Nach dem Zweiten Weltkrieg ist Achim Garnitz, jetziger Inhaber des Betriebes, auf die Idee gekommen, aus der einfachen Spielzeugfigur den „Berliner Bären“ zu machen. Er hat dazu eine kleine Krone sowie eine Schärpe mit dem jeweiligen Motto der Stadtwerbung anfertigen lassen.

Ein anderer beliebter Bär wurde Anfang dieses Jahrhunderts von der schwäbischen Spielzeugfabrikantin Margarete Steiff entwickelt: der Teddy-Bär. Benannt wurde er nach dem amerikanischen Präsidenten Theodore (Teddy) Roosewelt.

Berliner kämpfen für die Bären

Im Sommer 1991 gab es in Berlin eine große Telefon- und Leserbriefaktion. Der Grund: Der Tierpark-Direktor wollte die Bären im Berliner Zoo abschaffen. Ein Leserbrief-Schreiber reagierte in der Berliner Morgenpost vom 4. 8. 91:

Eine erbärmliche Bärsiflage

Wappentiere unserer Stadt sind in Gefahr. Das ist ein Thema, das nicht nur bäriphher interessiert, sondern jeden Bärliner bärsönlich angeht. Es ist schon komisch: Über eine lange Bäriode hinweg galt der Zwinger als bärfekt, bis jetzt die Nachricht vom Gegenteil all jene bärplex machen muß, die diese innerstädtische Idylle so gerne bärpedes durchstreifen. Vielleicht stecken ja andere Gründe dahinter, die für die Obären die Bärspektive trüben.
Aber eines dürfte sicher sein: Kleinstädtisches Denken, das vielleicht in Bärmasens in Ordnung ist, kann sich die Hauptstadt nicht leisten. Bevor irgendwelche bärfide, gar bärverse Lösungen für bärmanenten Unfrieden sorgen, sollte man sich bei einem Bärnod zusammensetzen und Bärlin vor einer Bärsiflage retten.

Mein Bärchen!

Ich zähle die neunhundertsechzig Stunden.
Ich liebe Dich so!
(Leider sagen Worte nicht das, was ich für Dich fühle.)

Deine Maus

Renate Otto wurde 1947 in Lüdenscheid geboren. Sie arbeitet seit 1980 als freischaffende Künstlerin mit eigenem „Atelier für Kunst und Keramik" in Friesenheim/Baden. Ihre Arbeitsgebiete sind Keramik, Grafik, Aquarell, Collagen. Einzelausstellungen und Beteiligung an Gruppenausstellungen. Veröffentlichungen in verschiedenen Anthologien, zwei Kunstmappen und zwei Buchveröffentlichungen. Mitglied der GEDOK.
Sie hat die Bären in diesem Buch gezeichnet – und sich dazu in Gedanken in den Bärenhimmel begeben.

Literaturnachweis

Avenstrup, Age und Elisabeth Treitel, Isländische Märchen und Volkssagen, Berlin 1919

Brehms Thierleben. 2. Auflage. Leipzig 1883

Deutsches Sprichwörter-Lexikon. Hrsg. von Karl Friedrich Wilhelm Wander, Leipzig 1967

Handwörterbuch des deutschen Aberglaubens. Hrsg. von E. Hoffmann-Krayer u. H. Bächtold-Stäbli. Berlin und Leipzig 1931/32

Kohn, Mareile, Das Bärenzeremoniell in Nordamerika. Hohenschäftlarn 1986

Naturgeschichtliche Volksmärchen. Hrsg. von Oskar Dähnhardt, Leipzig 1909

Natursagen. Eine Sammlung naturbedeutender Sagen, Märchen, Fabeln und Legenden. Hrsg. von Oskar Dähnhardt, Leipzig und Berlin 1910/12

Röhrich, Lutz, Lexikon der sprichwörtlichen Redensarten. Freiburg 1976

Volkstümliches Spektakulum. München 1979

Volmar, Friedrich Aug., Das Bärenbuch. Bern 1940

Wunderbare und geheimnisvolle Welt der Tiere. Hrsg. von Helga Menzel-Tettenborn und Günter Radtke. Gütersloh 1971

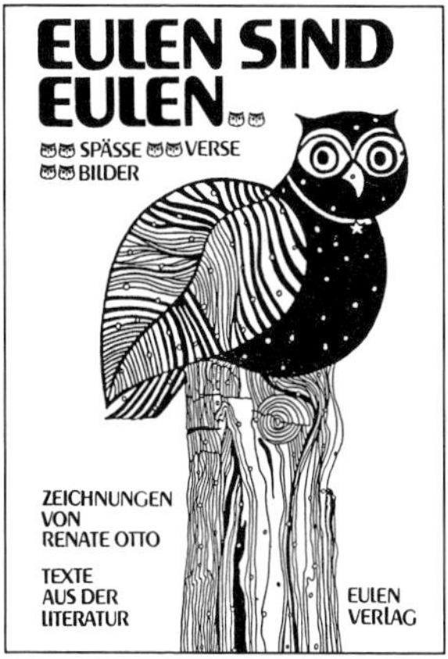

In gleicher Gestaltung ist erschienen

Für alle Eulen-Freunde

„Sie sind die Weisen unter den Vögeln, sie gelten als Symbol für Belesenheit, und ihre großen dunklen Augen haben mehr gesehen, als sich mancher in seiner Schulweisheit träumen läßt. Ein Freiburger Verlag nahm das Tier sogar in den Titel, und so gehört es sich eigentlich, daß er jetzt einen hübschen Band mit Zeichnungen von Renate Otto und literarischen Texten herausbrachte. Die Zitate aus Sagen und Legenden, Märchen und Fabeln, in Vers und Prosa, werden Eulennarren entzücken …"

Diesen liebevollen Kommentar schrieb die „Berliner Morgenpost" zu diesem Buch:

Eulen sind Eulen. *Eulenspäße, Eulenverse, Eulenbilder.* Zeichnungen von Renate Otto. Texte aus der Literatur.

In gleicher Gestaltung liegt vor

Spaß mit Katzen

„In der Beliebtheitskala der Haustiere hat die Katze dem Hund in unserem Lande fast den Rang abgelaufen. Ob Hauskatze „Muschi“ oder Edelkatze „Nofretete“, die Zahl der eigenwilligen Lieblinge, die in Haus und Hof, Wohnung und Appartement gehalten werden, geht landesweit in die Millionen, und da ist für das köstliche Buch mit Bildern von Renate Otto und Texten aus den Weltliteratur *Alles für die Katz* ein großer Leserkreis zu erwarten. Späße, Verse und Bilder erheitern nicht nur den Leser, sondern geben auch „tiefe Einblicke“ in „Muckerls“ Leben und das Leben mit den Stubentigern“, meist zur Freude der Besitzer.“

Das ist doch alles für die Katz. *Katzenspäße, Katzenverse, Katzenbilder.* Zeichnungen von Renate Otto. Texte aus der Literatur.